S.O.S. Marmotte!

Pat Miller

Illustrations de **Kathi Ember**

Texte français d'Hélène Ric

D1157314

Éditions
■SCHOLASTIC

Pour Chris, Marty et Bonnie,
ainsi que pour les élèves de l'école primaire Sue Creech à Katy, au Texas.
Maintenant, vous avez un livre qui vous est dédié! — P.M.

Pour Breezy, qui m'aime et m'appuie depuis tant d'années. — K.E.

Catalogage avant publication de Bibliothèque et Archives Canada

Miller, Pat, 1951 28 mai-
S.O.S. Marmotte! / Pat Miller ; illustrations de Kathi Ember ;
texte français d'Hélène Rioux.

Traduction de: Substitute groundhog.
Niveau d'intérêt selon l'âge: Pour les 3-8 ans.

ISBN 978-0-545-98724-0

I. Ember, Kathi II. Rioux, Hélène, 1949- III. Titre.

PZ23.M57123So 2009   j813'.54   C2008-905487-3

Édition publiée par les Éditions Scholastic, 604, rue King Ouest, Toronto (Ontario) M5V 1E1
avec la permission d'Albert Whitman & Company

5 4 3 2 1   Imprimé au Canada   09 10 11 12 13

Sources Mixtes
Cert no. SW-COC-001271
© 1996 FSC
FSC

*L*a veille du grand jour, Père Marmotte se réveille
mal en point. Il est courbaturé et a mal à la gorge.

Père Marmotte est tellement malade qu'il va consulter le Dr Hibou.

— Tu as une très mauvaise grippe, dit le médecin. Tu as besoin d'une bonne tisane de trèfle et de deux jours de repos.

— *Combien?* demande Père Marmotte.

— Deux, deux, hulule le Dr Hibou.

Mais demain, c'est le jour de la Marmotte! Père Marmotte ne veut pas décevoir tous les gens qui attendent sa prédiction annuelle pour cause de maladie. Il doit trouver une solution!

Météorologue demandé

Aucune expérience requise

Se présenter
au terrier de Père Marmotte
le 1er février à 10 heures

Merci
Père Marmotte

Sur le chemin de la maison, Père Marmotte passe devant le restaurant du bois. Il voit que tous les animaux du voisinage ont épinglé des messages sur un arbre voisin. Mouffette cherche (encore) un colocataire. M. et Mme Canard retournent dans le Nord et leur nid est à louer.

« Je sais ce que je vais faire! se dit Père Marmotte. Je vais mettre une annonce. Je dois trouver quelqu'un pour me remplacer. »

À 10 heures, quelques animaux font la queue devant chez lui.
— Génial! dit Père Marmotte en reniflant. L'un d'entre vous peut sûrement me servir de remplaçant.

M. Taupe est le premier de la file.

— Tu dois descendre dans mon terrier, lui explique Père
Marmotte. Tu verras, il n'y a pas beaucoup de lumière au fond.

— J'ai l'habitude, répond M. Taupe. Le mien est encore plus
sombre.

M. Taupe s'installe confortablement au fond du terrier.

— À présent, remonte et cherche ton ombre! lui crie Père Marmotte.

M. Taupe jette un coup d'œil aux alentours. Il plisse ses petits yeux.

— Eh bien, monsieur Taupe, que vois-tu?

— Est-ce toi, Père Marmotte? demande M. Taupe en s'adressant à un arbre.

Père Marmotte se mouche.

— Non, ça ne va pas du tout! J'ai besoin de quelqu'un qui a une bonne vue.

— Moi, j'ai une excellente vue! s'exclame une voix qui vient de haut.

Père Marmotte lève les yeux et aperçoit Grand Aigle.

Grand Aigle descend et atterrit à côté de Père Marmotte.

— Du haut de cette montagne, Père Marmotte, j'ai aperçu une petite plume de hibou dans ta fourrure. J'en conclus que tu as récemment consulté le médecin de la forêt.

— Merveilleux! s'écrie Père Marmotte, impressionné. Tu n'auras certainement pas de difficulté à voir ton ombre. Descends dans le terrier pour une répétition.

— Descendre? dit Grand Aigle en examinant l'entrée du terrier. Aurai-je assez d'espace pour déployer mes ailes?

Puis Grand Aigle déploie ses ailes. Elles prennent beaucoup de place. Vraiment beaucoup de place!

Père Marmotte frotte sa gorge endolorie.

— Ce n'est pas un travail pour toi. J'ai besoin d'une personne qui voit bien et qui n'a pas besoin de grands espaces.

Vieil Ours s'avance alors.

— Ma propre caverne est petite et douillette, dit-il.

— Très bien, répond Père Marmotte. Descends pour une répétition.

— J'adore ça, chez toi, crie Vieil Ours du fond du terrier. C'est encore plus confortable que ma caverne.

— Remonte maintenant et viens regarder, dit Père Marmotte.

Pas de réponse.

À genoux au bord du terrier, Père Marmotte jette un coup d'œil au fond.

— Vieil Ours, reviens! Il faut que tu cherches ton ombre!

Seul un long ronflement sonore lui répond.

Père Marmotte est contrarié. Il a besoin d'un remplaçant qui voit bien, qui s'accommode de petits espaces et qui ne s'endort pas.

— Moi, je peux! Moi, je peux! Laisse-moi essayer! crie Vif Écureuil en bondissant devant le terrier.

— Bien, dit Père Marmotte. Descends dans le trou, remonte et cherche ton ombre.

Vif Écureuil saute au fond.

— Youpi!

Sa tête apparaît bientôt au bord du terrier.
— Vois-tu ton ombre? demande Père Marmotte.
— Oh! J'ai oublié de regarder!
Et il redescend.

Il remonte et redescend.
— J'oublie toujours de regarder! dit Vif Écureuil en ricanant.
Il recommence plusieurs fois son manège.

— Comme je m'amuse! s'exclame-t-il.
Mais Père Marmotte a besoin d'une personne qui remonte et qui *reste* en haut.

Père Marmotte se sent de plus en plus malade. Il voudrait bien se coucher au chaud dans son lit. Parviendra-t-il à trouver un remplaçant?

— Salut, Père Marmotte! Et si tu me laissais tenter ma chance?
Un être vraiment très étrange apparaît alors.

— Je m'appelle Tatou, dit-il, Tatou Duracuire.

— Tu n'es pas d'ici, toi, dit Père Marmotte.

— Non, je viens du Texas. Je suis venu voir mon cousin, Blaireau Senfort. Mais je suis capable de faire ce travail. Je vis dans un terrier. J'aime les petits espaces. Je vois très bien mon ombre. Et quand je remonterai, je resterai en haut.

Père Marmotte hésite. Tatou Duracuire est un étranger qui vient de très loin. Qu'est-ce qu'il connaît au temps qu'il fait ici? Mais il a toutes les qualifications requises pour ce travail.

— Très bien, dit Père Marmotte. Voyons voir ce que tu sais faire.

Tatou Duracuire descend dans le terrier. Puis il relève la tête et regarde autour de lui. Et, bien sûr, il voit son ombre.

— Si c'est la même chose demain, tu diras aux gens que l'hiver va s'éterniser, lui explique Père Marmotte. Mais si tu ne vois pas ton ombre, le printemps arrivera bientôt.

— Compris, dit Tatou Duracuire.

— Je crois que tu es le remplaçant idéal, dit Père Marmotte. Je t'engage!

— Merci, répond Tatou Duracuire.

Ils se serrent la patte.

Père Marmotte est bien content de retrouver son lit douillet au fond du terrier. Il sirote une bonne tisane de trèfle et se blottit bien au chaud sous son édredon.

Le lendemain matin, les animaux se
rassemblent de bonne heure pour entendre la prédiction
de Tatou Duracuire. Le soleil se lève au-dessus de la forêt, mais
il fait encore frisquet.

Blaireau Senfort sert du chocolat chaud. Vif Écureuil acclame Tatou
Duracuire en bondissant partout. Grand Aigle vole haut dans le ciel.
M. Taupe a l'air endormi et Vieil Ours, lui, est resté au lit.

Lorsque Tatou Duracuire sort la tête et regarde
attentivement autour de lui, les animaux attendent
en silence le verdict. Là, sur le sol, il aperçoit l'ombre
de ses petites oreilles et de son museau pointu.
— Encore six semaines d'hiver! annonce-t-il.

Et il retourne dans le terrier de Père Marmotte.

— Tu as entendu, Père Marmotte? Encore six semaines d'hiver.

Du fond de son lit, Père Marmotte pousse un grognement.

— Comment te sens-tu, Père Marmotte? demande Tatou Duracuire.

— Un peu mieux. Mais si le printemps était déjà là, je me sentirais *beaucoup* mieux, soupire Père Marmotte.

— Déjà là? s'écrie Tatou Duracuire. Oh! Ça me donne une idée!

Tatou Duracuire trouve la valise de Père Marmotte.

— Fais tes bagages, Père Marmotte, dit-il. C'est déjà le printemps au Texas! Je t'emmène avec moi!

— C'est vrai? s'étonne Père Marmotte.

Il s'imagine batifoler dans l'herbe chaude plutôt que d'éternuer pendant encore six semaines de temps froid.

— Je n'ai jamais été plus sérieux, affirme Tatou Duracuire.

Père Marmotte saute de son lit, attrape son ourson et sa brosse à dents et les lance dans sa valise.

— Au Texas, on trouve tout ce qu'on veut, ajoute
Tatou Duracuire.

Grelottant et claquant des dents, les deux amis
marchent jusqu'à la gare routière.

Et leurs ombres les suivent tout le long du chemin.